L'

ATTRAPEUR DE MOTS

NOUVAILLE
FOUNIRE
ABERSSON
ADEDABLE
ovulcr
NORILL
proux
klorou
VACH
PELINDRER
adaglemope
GUERTRE
ADEDALE
MINEGUIE
BELOUSNIER
prorimade
KANROLOU
PONFIQUE
puju
ZADOULES
QUONI
NISTIN
JENNABLO
TUTRAÇAPLE
WERS
WEST
fekirent
bechortenste
dachoust
MIJORT
quorto
degefin
danorte
WOUNAN
CADINSTO
CADENQUE
AGECHE
BACHUSTE
HUV
BAGOL
ROSTIN
KOURNER
TUMOCHE
SOUSSELLE
dadèmorte
gedouv
ajèmor
kiloutto
caprouste
ROUSTELLE
mipugue
JUI
bornije
MONEK
VRONLE
ENNOTRANT

panche
QUERECHE
ABECHOULE
ondimotant
LEGELLE
REGADARD
NIBETE
MOPRE
MINTULE
ahimotre
BEMOUSSE
approlé
FOSSOR

Pour NicOLAS, L'avaleur de Mots,
et Cap'tain BALeiNE qui les UtiLiSE !

J.-F. D.

VOUS NE L'AVEZ JAMAIS REMARQUÉ,
MAIS IL EST LÀ, DERRIÈRE VOUS.
AU MOMENT OÙ VOUS VOUS Y ATTENDEZ LE MOINS,
IL SURGIT. D'UN GESTE PROMPT IL RAFLE SON BUTIN,
ET IL DISPARAÎT, L'AIR DE RIEN.
ET IL VOUS LAISSE, LA BOUCHE OUVERTE, L'AIR IDIOT.
«ZUT, MAIS QU'EST-CE QUE JE VOULAIS DIRE, DÉJÀ ?»
C'EST L'ATTRAPEUR DE MOTS
QUI EST PASSÉ PAR LÀ

ÉDITIONS FLAMMARION – 87, QUAI PANHARD ET LEVASSOR – 75647 PARIS CEDEX 13
WWW.EDITIONS.FLAMMARION.COM
IMPRIMÉ EN FRANCE PAR POLLINA S. A., 85400 LUÇON – N° L48516 – 10/2008
DÉPÔT LÉGAL : JANVIER 2009 – ISBN : 978-2-0812-2070-6
LOI N°49-956 DU 16 JUILLET 1949 SUR LES PUBLICATIONS DESTINÉES À LA JEUNESSE

JEAN-FRANÇOIS **DUMONT**

L'

ATTRAPEUR DE MOTS

Père Castor • Flammarion

Bien sûr, à la sortie de l'école,
j'aurais dû le remarquer et le trouver bizarre,
avec son chapeau mou et son long habit noir,
sa grande écharpe autour du cou.
Mais j'étais bien trop occupé à discuter du match de foot de la récré
pour le voir tourner autour de nous.

J'ai voulu raconter aux copains le but que j'aurais pu marquer
si seulement, si seulement…
on ne m'avait pas fait un…
J'ai senti comme un courant d'air sur mon visage,
comme l'ombre légère d'un oiseau sur mes yeux.
Si on ne m'avait pas fait un…
Comment déjà ?
Un…Vous savez, quand on fait tomber quelqu'un avec la jambe…
Je l'ai pourtant sur le bout de la langue…

C’est là que, du coin de l’œil, je l’ai aperçu.
Il s’éloignait déjà, et j’ai cru voir bouger quelque chose
dans le vieux cabas qu’il serrait contre lui.

J'ai laissé mes copains et, intrigué, je l'ai suivi.
Il marchait vite en s'arrêtant de temps en temps.
Un coup d'œil dans son sac,
et il reprenait sa route d'un air satisfait.

Je commençais à me trouver un peu bête.
Quelle drôle de lubie de suivre n'importe qui !

Qu’est-ce qui m’avait pris ?
Je me faisais sûrement des idées…
Et si c’était son chat qu’il transportait caché ?

mizè REUDeur yeu
é TLAVÜlafi
yeuko mellée?
gèssuiSSU RAssan pourssan
èbindonk gelaiVU Kömjte woa
TUL ESSAIin
jesséjeu SAI
ehen quor
Kiçéquima dissa dé JAH
AMA BRA vedam enpar relepaa
MOND Sébi VRê!
éancor
jèvu tootafé MEMA chai rheu
lezenf ansonpapaul y!
ES BILLIN phi gür évouc
NIN R teuque oi onlavu LABA
esse paiss de
OUKIVAL abinssa!
TOUILA Fé
ooof
AATROS! AFFE rey
dade jeno ká
PNEST baffej niüt soli?
guié da nevo bies
RONS Pettmen zaco maad
NAA GLELELZE? Vabifé ro!
dége li hesto
Weghi ni! joli be KROROR0RO.
guaEFo srit
unett?
vissèv
NORROU TADEL NOUT OUTA
ita utrod ka hamanpar jépa doss
hui LAjte ldi!

Je m'apprêtais à rebrousser chemin
quand il pénétra dans le square.
Caché derrière la haie, je le vis s'arrêter
et tendre l'oreille pour écouter la conversation
de Madame Labrosse et de Madame Léon
qui, comme d'habitude, disaient du mal
de Monsieur Firmin.

Je rigolais tout bas quand soudain,
d'un geste de la main, il captura un mot,
un joli nom d'oiseau, le mit dans son cabas,
et partit en laissant, pour une fois,
Madame Labrosse sans voix.

Et je le vis plus loin attraper
le gros mot d'un conducteur de bus,

saisir le nom bizarre d'un "produit financier"
perdu en pleine rue par un spécialiste
du CAC 40 et du second marché.

La sacoche se remplit
d'un « steak dans l'araignée »
grâce au rayon boucherie,
d'un « potimarron » dans la jardinerie,

et même d'une phrase entière
du discours du préfet pour l'inauguration
de la foire aux jambons.

La nuit tombait lorsqu'il rentra chez lui,
une petite maison tout au fond d'une impasse.
Je vis une fenêtre s'éclairer à l'étage,
et l'ombre du voleur qui dansait au plafond.

Sans trop y réfléchir, j'escaladai un arbre
qui bordait la ruelle.

ROKOTABLE
hélople
NOQUELLE
badille
jenochestation
RIGABALDENE
GLELOTTES
porselle

Je le vis ouvrir son sac
et le vider dans une énorme malle
remplie jusqu'à ras bord de milliers de mots.
Les murs de la chambre en étaient tapissés.
Il fronça les sourcils, fouilla au fond du cabas
et sortit, satisfait, un dernier mot,
MON mot : « croche-patte » !
Le pauvre essaya bien de se débattre,
mais, d'une main ferme, l'homme le colla
dans un grand cahier jaune à spirale.

En un bond, j'étais à terre,
bien décidé à récupérer MON « croche-patte ».
Je tambourinai à la porte.
Le voleur m'ouvrit sans paraître surpris :
– Ah, c'est toi. Viens, tu vas voir comme il est heureux.

L'homme grimpa lentement un escalier de bois,
tourna au bout du couloir.
Interloqué, je le suivis.
Il ouvrit le grand cahier jaune à spirale posé sur la table,
tourna quelques pages et me le tendit.

Je lus.
C'était doux et c'était chaud comme une rivière.
Les mots coulaient les uns derrière les autres
comme s'ils avaient toujours été ensemble.
Par moments le flot augmentait,
les mots bouillonnaient comme s'ils allaient exploser,
puis tout redevenait calme et apaisé.

On avait le temps de flâner vers la rive,
avant de repartir dans une autre cascade jaillissante.
Tout à coup, au détour d'une phrase,
je découvris MON « croche-patte » :
étiré de tout son long, il ronronnait de bonheur
au milieu d'autres mots souriants.

Je levai les yeux et l'homme sourit :
– Des jours et des nuits que je le cherche, celui-là.
J'en ai essayé d'autres, tu sais.
Mais ils ne se plaisaient pas, ça se voyait.
Et dans un poème, si un mot ne se plaît pas,
il a vite fait de déranger tous les autres.

Il fronça ses gros sourcils.
– Ça peut vite devenir le bazar une poésie si on n'y prend pas garde.
Heureusement, je veillais ! Et heureusement tu étais là !
– Vous êtes un poète ?
– On peut dire ça.

Il me regarda d'un air amusé.
– Il y en a qui disent plutôt que je suis un voleur, un attrapeur de mots.

Je rougis, mais il fit semblant
de ne pas le remarquer.

– Quand les mots sont sortis de la tête,
ils ne sont plus à personne.
Ils sont à ceux qui les prennent.
Moi, je les récupère, je les collectionne,
les mots qui traînent,
les fins mots de l'histoire,
les derniers mots,
les mots plus hauts que les autres
et même les gros mots,
s'ils n'écorchent pas trop les oreilles.
On ne sait jamais, ça peut servir.
La preuve ! dit-il en caressant du bout du doigt
MON « croche-patte ».

snatch
MUZON
HABU
difai
SUPINS
GAFAH
TAGLOUSSE
ACEHOSTAC
KIROMA
FADEUSSE
ELIQUE
ZADELLE

Je suis rentré chez moi.
Je n'ai raconté cette histoire à personne.
Demain, j'irai acheter un cahier jaune à spirale.
Moi aussi, je vais commencer une collection…

faguoler
gufer
norilleste
JOBRONDE
BEGADE
bechantement
MORRINQUE
nechemecheste
ivendemme
dèfféponne
GAJINER
emmerer
ELLONNE
bedorne
ADRAILLEMENT
efferocher
ERINNE
dachinler
déguiller
FINOUSTABLE
tupellos
huramegue
fechelon
EGADAINOSSE
d'illinregues
chastelle

OUVAILLE
FOUNIRE
ABERSSON
ADEDABLE
ovule
proux
anair
klorou
GUERTRE
PELINDRER
adaglemope
MIJEGUEM
BELOUSNIEN
ADEDALE
MINEGUIE
prorimade
KANROLOU
PONFIQUE
NISTIN
JENNABLO
ZADOULES
TUTRAÇAPLE
QUONI
WERS
WEST
quorta
rekirent
dedanorte
WOUNAN
CADENQUE
CADINSTO
AGECHE
KOURNER
BAGOL
ROSTIN
TUMOCHE
SOUSSELLE
dadémorte
gedouve
caprouste
ROUSTELLE
mipugue
MONEK
VRONLE
bornije
ENNOTRANT

ABECHOULE
RONNELLE
ondimotant
LEGELLE
REGADARD
NIBETE
MOPRE
MINTULE
ghimotre
AJORNIQUIA
BEMOUSSE
approlé
BAFEROR
FOSSOR

les P'tits albums du Père Castor

Les 4 saisons de Tilouloup
24 petites souris avant Noël
24 petites souris et la neige de Noël
L'Attrapeur de mots
Blanc Bonhomme de neige
C'est mon nid !
Castagrogne de Carabistouille
Cette nuit-là...
Chuuut !
Comptines et chansons...
Dragon bleu dragon jaune
Étoile d'amour
Eustache et Raoul
Feu Follet est très pressé
Gare à Edgar !
Le géant va venir ce soir...
Grand Loup et Petit Loup
Hector le loup...
Hip hip hip sorcière !
L'histoire du soir
Imagine...
J'ai oublié de te dire je t'aime
J'ai un énorme bobo
Je m'ennuie dans mon lit
Je veux une petite sœur
Lou, la brebis
Ma Maîtresse est une ogresse !
Ma Maman Ourse est partie
Maman m'embête tout le temps
Manon cœur citron
Maxime Loupiot
Mère Citrouille
Le monstre de la jungle
Le monstre que personne n'a vu
Nasreddine
Noël Baobab
Le Noël de Maître Belloni
La nuit du Mélimos
L'ours vagabond
Pas dodo !
Pénélope la Poule de Pâques
Personne ne m'aime
Petit Âne veut être un loup
Petit Oursin
La petite fille du port de Chine
La petite fille et les loups
La petite souris qui a perdu...
Pipi Caca Popot !
Le plus féroce des loups
Qu'est-ce que j'ai dans la tête ?
Qui est le plus rusé ?
Rentrée sur l'île Vanille
Rien qu'un méchant loup !
Le roi qui rêvait d'être grand
Sango et la rivière
Le serpent à fenêtres
La sieste des mamans
Snow, le petit esquimau
Titou peur de tout
Très, très fort !
Les trois grains de riz
Un bleu si bleu
Le voyage de Lou